너무
멀리까지는
가지 말아라,
사랑아

나태주

용혜원

이정하

미래타임즈

시는 삶의 표현이다.

우리의 삶을 아름답게, 소중하게 표현할 때

삶의 가치는 더 소중해진다.

삶의 풍경을 언어로 스케치하는 언어의 화가,

시인은 행복하다.

Contents

마음 하나	느 낌

마음 둘	동 행

혼자 생각

용혜원

눈뜨면 보이지 않던 그대가
눈 감으면 어느 사이에
내 곁에 와 있습니다

느낌

마음 하나

사랑이 아름다운 것은
진심어린 배려가 담겼기 때문이다
자신은 물러앉더라도 그를 위해
자리 하나를 마련해 주기 때문이다

이정하의 시 〈휴직 같은 사랑〉 중에서

외국의 한 노인은 늙어가는 아내를 보고 이렇게 시를 썼다.

여보! 나보다 하루만 일찍 죽어요!
하루만 일찍 당신이 집으로 돌아오는 길 외롭지 않도록!

얼마나 아내를 애틋하게 사랑하고 관심이 많으면 삶의 마지막 순간까지
사랑의 끈을 놓고 싶어 하지 않는 것일까?
역시 사랑의 힘은 참으로 위대한 것이다.
사람들은 혼자라는 것을 참 외롭게 생각할 때가 있지만 혼자 자기 스
스로 자기에 관심을 갖고 사는 것은 더 고독한 일이다.

우리 살아가는 날 동안에

용혜원

우리 살아가는 날 동안에
눈물이 핑 돌 정도로
감동스러운 일들이 많았으면 좋겠다

우리 살아가는 날 동안
가슴이 뭉클할 정도로
감격스런 일들이 많았으면 좋겠다

우리 살아가는 날 동안
서로 얼싸안고
기뻐할 일들이 많았으면 좋겠다

너와 나 그리고 우리 모두에게
온 세상을 아름답게 할 일들이
많았으면 정말 좋겠다
우리 살아가는 날 동안에

사랑에의 권유

나태주

사랑 때문에 다만
사랑하는 일 때문에
울어본 적 있으신지요?

보고 싶은 마음 때문에 오직
한 사람이 보고 싶은 마음 때문에
밤을 꼬박 새워본 적 있으신지요?

그것이 철없음이라도 좋겠고
어리석음이라도 좋겠고
서툰 인생이라 해도 충분히 좋겠습니다

한 사람의 여자를 위하여
한 사람의 남자를 위하여 다시금
떨리는 손으로 길고 긴 편지를
써보고 싶은 생각은 없으신지요?

부디 잊지 마시기 바래요
한 사람의 일로 밤을 새우고
오직 그 일로 해서 지구가 다
무너질 것만 같았던 날들이 분명
우리에게 있었음을

그리하여 우리가 한때나마 지상에서
행복하고 슬프고도 외로운 사람이었음을
부디 후회하지 마시기 바래요.

나에게 사랑은 장식품이 아니라 생필품 같은 것이다. 그것도 누군가를 생각하고 그리워하는 마음은 생의 의욕을 주고 청량한 에너지를 준다. 아, 어찌 내가 그리워하고 사랑하는 마음 없이 하루하루 한 시간 한 시간을 살아갈 수 있었으랴.

사랑은 차라리 인내. 사랑은 차라리 기나긴 침묵. 그러한 인내와 침묵을 통해 나는 순간순간 구원 받고 축복을 갈구하기도 한다. 우리가 잠시라도 어린 마음, 설레는 마음으로 누군가를 사랑했던 기억을 절대로 후회하거나 부끄럽게 생각하지 말자.

사랑이 얼마나 좋은 마음이고 아름다운 인생으로 이끌어가는 길잡이겠는가. 나는 지금도 누군가를 다시금 사랑하여 실연을 당하기도 하고 밤을 새워 울기도 하고 그 사람이 보고 싶어 눈물을 글썽이는 사람이 되어보고 싶은 것이다.

보여줄 수 없는 사랑

이정하

그대 섣불리 짐작치 마라.
내 사랑이 작았던 게 아니라
내 마음의 크기가 작았을 뿐.
내 사랑이 작았던 게 아니라
그대가 본 것이 작았을 뿐.

하늘을 보았다고 그 끝을 본 건 아닐 것이다.
바다를 보았다고 그 속을 본 건 아닐 것이다.
속단치 마라, 그대가 보고 느끼는 것보다
내 사랑은 훨씬 더 크고 깊나니.

보여줄래야 보여줄 수 없는
내 깊은 속마음까지 다 보지 못하고

그대 나를 안다고 함부로 판단치 마라.
내 사랑 작다고 툴툴대지 마라.
보이는 게 전부가 아니니.

마음이 작다고
어디 사랑까지 작겠느냐.

보이는 게 전부가 아닐 것이다. 어쩌면 보이는 부분보다 보이지 않는 부분이 더 소중할 수도 있다. 사랑은, 내가 보여주는 것이 아니다. 네가 느껴야 하는 것이다. 왜 보여주지 않느냐고, 정말 사랑하긴 하느냐고 매번 툴툴대고 투정부리는 사람은 조용히 눈을 감고 마음의 눈을 떠볼 일이다. 차마 다 보여주지 못하는 그 마음이 보이는가.

사랑은 말이다. 눈으로 확인하는 게 아니다. 눈을 뜨고 보는 게 아니다. 지금 당장 눈을 감았을 때, 한 사람의 모습이 떠오르지 않는다면, 그의 마음이 느껴지지 않는다면 그건 아마도 사랑이 아닐 것이다. 그 사람의 사랑을 받고 싶어하는 자신을 사랑하는 것뿐이다. 사랑이라는 이름의 탈을 쓴 다른 욕망일 뿐이다.

사는 법

나태주

그리운 날은 그림을 그리고
쓸쓸한 날은 음악을 들었다

그리고도 남는 날은
너를 생각해야만 했다.

나에게는 누군가를 보고 싶어 하고 그리워하는 것이 문제였다. 보고 싶은 것이 사랑인 줄도 모르면서 사랑을 했다. 목소리 듣고 싶은 것이 더욱 사랑인 줄도 모르며 사랑을 했다.

미치도록 누군가가 보고 싶은 날은 어찌해야 하나? 그런 날은 그림을 그리면 좋을 것이다. 결코 잘 그리는 그림이 아니다. 그냥 그려보는 그림이다. 그림 자체가 그리움이다.

누군가가 보고 싶어 쓸쓸한 날은 또 어찌해야 하나? 그런 날은 또 음악을 듣는 것이 어떨까? 대단한 음악이나 특별한 음악이 아니다. 그냥 음악이다. 음악 자체가 이런 때는 또 쓸쓸함이다.

그렇게 마음을 다스리고 나서는 사랑하는 사람인 너를 마음에 떠올리며 안아보기도 한다. 아, 사랑하는 마음은 얼마나 기약 없고 안타까운 마음인가. 하늘 위에 자취 없는 구름 조각 같은 것인가 말이다.

사랑하는 마음 내게 있어도

나태주

사랑하는 마음
내게 있어도
사랑한다는 말
차마 건네지 못하고 삽니다
사랑한다는 그 말 끝까지
감당할 수 없기 때문

모진 마음
내게 있어도
모진 말
차마 하지 못하고 삽니다
나도 모진 말 남들한테 들으면
오래오래 잊혀지지 않기 때문

외롭고 슬픈 마음
내게 있어도
외롭고 슬프다는 말
차마 하지 못하고 삽니다
외롭고 슬픈 말 남들한테 들으면
나도 덩달아 외롭고 슬퍼지기 때문

사랑하는 마음을 아끼며
삽니다
모진 마음을 달래며
삽니다
될수록 외롭고 슬픈 마음을
숨기며 삽니다.

중년의 날들. 사는 일이 날마다 괴롭고 힘들었다. 큰 가방을 메고 다니며 늦게 시작한 대학원 공부를 하던 시절이다. 걸음마다 다리가 팍팍했고 저녁에는 발등이 소복하게 붓기도 했다.

나에게도 위로가 필요했고 휴식이 필요했다. 오래 전부터 알고 지내면서 사랑하고 그리워하는 마음을 유지하던 한 여성이 있었다. 그에게 드리는 마음으로 쓴 시가 바로 이 작품이다.

그러고 보니 독자들이 찾아주고 좋다고 하는 나의 작품은 하나같이 그 안에 사연이 있고 어려움이 깃든 작품들이다. 이것도 참 묘한 일이다.

이심전심이고 세월이 가도 변하지 않는 하나의 비밀한 세계다.

이것이 영혼의 언어인 시의 덕성이 아닌가 싶다.

너를 만나면 더 멋지게 살고 싶다

너를 만나면
눈인사를 나눌 때부터
재미가 넘친다

짧은 유머에도
깔깔 웃어주는 너의 모습이
내 마음을 간질인다

너를 만나면
나는 영웅이라도 된 듯
큰소리로 떠들어댄다

너를 만나면
어지럽게 맴돌다 지쳐 있던
나의 마음에 생기가 돌아
더 멋지게 살고 싶어진다

너를 만나면
온 세상에 아무런 부러울 것이 없다
나는 너를 만날 수 있어
신난다

너를 만나면
더 멋지게 살고 싶어진다

우리는 만나면 좋고 함께 있으면 좋고 떠나가면 그리운 사람이 되자.
우리가 갖고 있는 가장 큰 힘은 자신감이다. 우리는 잠재 능력인 자신
감을 찾아내어 마음껏 꺼내어 사용해야 한다. 아직도 수많은 사람이
자신이 갖고 있는 능력을 잘 알지 못해서 사용하지 못하고 있다. 자
신감이 없으면 초라하고 빛바랜 삶을 살아가게 된다. 머리를 쥐어짜고
몸부림만 친다고 해서 성공하는 것은 결코 아니다. 무슨 일이든지 잘
하려면 자신이 갖고 있는 지식과 지혜와 능력을 잘 나타내어야 한다.

이 세상의 모든 땅에는 수많은 아주 작은 씨앗이 있다. 이 씨앗들 중에
서 비를 받아들이고 햇빛을 마음껏 받아들인 씨앗만이 자라나 큰 나무
가 될 수 있다. 우리의 마음에도 성공이란 씨앗이 있다. 이 씨앗이 자라
나게 하는 것이 자신감이다.

땅 속에 수많은 씨앗들이 있지만 자신을 찢어내는 아픔 속에서도 고통을 이겨내야 한다. 싹이 쑥쑥 자라나야 큰 나무로 성장할 수 있다. 우리도 마찬가지다. 아픔과 고통을 이겨내고 성공의 씨앗을 잘 발아 시켜서 마음껏 자라나게 해야 한다. 나무가 잘 자라서 꽃이 피고 열매를 맺듯이 자신감을 갖고 변화를 일으켜야 한다. 자신감은 행동을 만든다. 움직임이 정지되면 이미 죽은 것과 마찬가지다. 행동은 분명한 결과를 만들어 놓는다. 자신감은 분명하고 확실한 열매를 만들어 놓는다.

꿈만 같은 날

용혜원

꿈만 같은 날이
어느 날 갑자기 찾아온다면
심장이 터질 듯한
기쁨에 얼마나 신나고 좋을까

꿈꾸고, 상상하고,
간절히 원하던 일들이
눈앞에 그림처럼 펼쳐진다면
살 재미가 톡톡 날 것 같다

아이마냥 좋아서 날뛰고
기뻐서 소리를 지르고
즐거워서 눈물이 펑펑 쏟아지고
미치도록 좋아할 것 같다

단 하루만이라도
꿈만 같은 날이
한순간에 찾아온다면
정말 아주 참 많이 좋겠다

꿈이 있는 사람이 매사에 모든 일을 잘한다. 삶에는 목표와 꿈이 확실하게 자리 잡고 있어야 한다. 꿈이란 바라는 것이다. 꿈은 목표를 만들어 놓고 이루어내는 것이다. 누구나 고난과 역경을 이겨내면서 성장한다. 힘든 노력 없이 획득한 성공은 아무런 가치가 없다. 역경이 없으면 성공도 없고 목표가 없는 삶은 아무런 결과를 얻을 수가 없다. 우리의 삶은 도전과 도전이 계속된다. 그러나 내딛지 않으면 아무런 일도 일어나지 않고 성공의 문턱에도 들어 갈 수가 없다. 그러나 대부분의 사람들은 발등에 불이 떨어지지 않으면 아무 것도 하지 않는다.

꿈을 말할 수 있으므로 행복하다. 나는 꿈을 이룰 수 있으므로 노력한다. 나는 꿈을 표현할 수 있으므로 말한다. 꿈이 있기에 활기차게 살아간다. 꿈이 확실하게 보여 찾아간다. 꿈을 내 품에 안기 위해 도전한다. 꿈을 성취하는 기쁨을 알기에 꿈을 꾸고 도전한다.

지금 비가 내리고 있습니다

용혜원

지금 비가 내리고 있습니다
창밖을 내다보다 그대가 그리워졌습니다

비가 내리는 날은 보고픈 사람이 있습니다
만나고 싶은 사람이 있습니다

비가 내리는 날은
우산을 같이 쓰고 걷고픈 사람이 있습니다

한적한 카페에서 비가 멈출 때까지
이야기하고픈 사람이 있습니다
지금 내 마음에도 비가 내리고 있습니다
그대 마음에도 비가 내리고 있습니까

우리의 마음에 사랑이 있으면 사랑하는 사람이 있는 곳에는 언제나 따뜻함이 있다.

관심은 웃음을 만들어 준다.

웃음은 행복과 축복을 만들어 준다.

세상이 아무리 어렵다 하더라도. 우리에게 필요한 행복을 미루는 것은 더 큰 비극이다.

우리는 어려울 때일수록 더 행복하려고 노력을 해야 한다.

아픔을 당한 사람들에게 관심을 가져주고 함께해 주어야 한다.

간섭하고 구호만 외치고 상처만 주기보다는 서로 사랑하며 아픔을 치유해주어야 한다.

간섭은 모든 일을 내 중심에서 바라보는 것이지만 관심은 모든 일을 상대방 중심에서 바라보는 것이다.

서로 이해하고 관대한 마음을 갖고 대하면 사랑하는 마음이 더 강해진다.

마음 열쇠

문이 하나 있었다.
그 문은 아주 오랫동안 잠겨 있었으므로
자물쇠에 온통 녹이 슬어 있었다.

그 오래된 문을 열 수 있는 것은
마음이라는 열쇠밖에 없었다.
녹슬고 곪고 상처받은 가슴을 녹여
부드럽게 열리게 할 수 있는 것은
따스하게 데워진 마음이라는 열쇠뿐.

닫힌 것을 여는 것은
언제나 사랑이다.

창문을 닫으면 햇볕이 들지 않는 것은 당연한 이치다. 어떤 때는 정말
숨이 막힐 것 같다.
볼 것만 보고 자기 일이 아닌 것은 대수롭지 않게 그냥 넘기는 세상이.
남의 일에 관심을 두면 오히려 이상한 오해를 사기 십상인 세상이.
그래서 너나없이 가슴을 꽉 닫아두고 있는 세상이.
가슴을 친다고 그 문이 열릴까?
오직 그 문을 열 수 있는 것은 사랑이라는, 마음이라는 열쇠뿐이다.

휴식 같은 사랑

이정하

사랑이라는 것,
그것이 그늘 같은 것이었으면 좋겠다
무성한 줄기와 잎을 드리운 나무
그 아래 잠시 쉴 수 있는

사랑이라는 것,
그것이 의자 같은 것이었으면 좋겠다
삶이 먼 여행을 떠나는 사람에게
쉬었다 갈 수 있게 하는

사랑이 아름다운 것은
진심어린 배려가 담겼기 때문이다
자신은 물러앉더라도 그를 위해
자리 하나를 마련해 주기 때문이다

나무그늘 같은 사랑
작은 불빛 같은 사랑

팍팍한 삶의 길
따스한 위안이 되어주는
우리 모두 그런 사랑이 되자
나는 너에게 너는 나에게
휴식 같은 사랑

자기 헌신과 희생이 동반되어야 사랑은 아름답다. 자신은 지면서도 서쪽 하늘을 벌겋게 물들이는 저녁노을처럼. 서로의 배경이 되어주는, 자신은 물러나 앉더라도 그를 위해 자리 하나를 내어주는 그런 사랑이야말로 진정한 사랑이 아닌가.

꽃잎의 사랑

이정하

내가 왜 몰랐던가,
당신이 다가와 터뜨려 주기 전까지는
꽃잎 하나도 열지 못한다는 것을.

당신이 가져가기 전까지는
내게 있던 건 사랑이 아니니
내 안에 있어서는
사랑도 사랑이 아니니

아아 왜 몰랐던가,
당신이 와서야 비로소 만개할 수 있는 것,
주지 못해 고통스러운 그것이 바로
사랑이라는 것을.

나의 꽃은 나 혼자서는 피울 수 없다. 그대가 다가오기 전까지는 봉오리조차 맺을 수 없고, 그대가 터뜨려주기 전까지는 꽃잎 하나 열 수 없다. 사랑은 그런 것이다. 나한테만 있고 당신이 가져가지 않으면 아무런 의미가 없는 것이다. 내 안에 있어 오히려 고통스러운 것. 줄 수 없어, 터뜨릴 수 없어 안타까운 이 마음을 당신은 아시는지?

우물

이정하

깊고 오래된 우물일수록
컴컴하고 어둡다.
그 우물 속에서,
어둠만 길어질 것 같던 거기서
맑고 깨끗한 물이 가득 올려질 줄이야.

이토록 맑은 물을 간직할 수 있었던 것은
끊임없이 뒤채이고 있었다는 것이다.
남들이 보지 않아도 속으로
열심히 물을 갈아엎고 있었다는 것이다.

가만히 고여 있는 것 같아도 사실
우물은 한시도 가만히 있지 않는다.
어쩌다 한 번뿐일지라도 우물은
늘 두레박을 맞이할 준비가
되어 있는 것이다.

남들은 다 달려가는데 나 혼자만 제자리에 서 있다면 그것은 '현상유지'가 아니라 '퇴보'나 마찬가지다. 살아간다는 건 어떤 의미에서 현실에 도전해 나간다는 뜻이기도 하니까. 어떤 일이든 땀 흘리며 최선을 다하는 것, 그것이 우리의 삶의 자세가 되면 좋겠다. 어쩌다 맞는 인생의 두레박, 그 기회의 두레박에 썩은 물만 잔뜩 올릴 수는 없으니까.

동행

마음 둘

내가 어디를 가나
그대가 쫓아오고
내가 어디로 가나
그대가 앞서갑니다

용해원의 시 〈내 목숨꽃 지는 날까지〉 중에서

참 묘한 일이다. 병원 생활하던 때 쓴 시이다. 시란 것이 영혼의 산물이고 영혼과 영혼이 소통하는 길이란 것을 이러한 시들이 말해 준다.

염증수치가 대단했다. 보통 건강한 사람은 0.3 이하로 내려가야 하는데 나의 염증수치는 20을 치솟아 패혈증 직전에 있었다. 그런데 그 염증수치란 것이 심리적 영향을 받기도 했다.

점점 염증수치가 좋아지기 시작하여 12까지 내려가고 때로는 7이나 8까지 내려가기도 했다. 그런데 아내가 곁에 없기만 하면 그 염증수치가 다시금 12로 올라가는 것이었다.

이 때 나는 알았어야 했다. 인간의 질병이란 것은 약이나 주사로만 낫는 게 아니라 심리적 요인으로도 충분히 나을 수 있다고. 이러한 각성이 나로 하여금 〈부탁〉이란 시를 쓰게 했다. 상황은 절박한데 표현이 평화롭다.

부탁

나태주

너무 멀리까지는 가지 말아라
사랑아

모습 보이는 곳까지만
목소리 들리는 곳까지만 가거라

돌아오는 길 잊을까 걱정이다
사랑아.

삶의 아름다운 장면 하나

용혜원

그대에게
기억하고 싶고
소중하게 간직하고 싶은

삶의 아름다운 장면
하나 있습니까

그 그리움 때문에
삶을 더 아름답게 살아가고 싶은
용기가 나고 힘이 생기는
삶의 아름다운 장면 하나

삶은 아름답게 살아야 한다.

삶에는 아름다운 장면들을 많이 만들어 가야 한다.

우리의 삶에는 아름다운 장면들이 많아야 살맛이 난다.

"혼자 만들면 기억이 되고 둘이 만들면 추억"이 된다고 한다. 사랑하는 사람과 아름다운 추억을 만들며 행복하게 살아야 한다. 시인은 언어의 색깔을 가지고 삶의 풍경을 스케치하듯 그려놓는다.

"삶이란 손님처럼 왔다가 주인처럼 살다가 나그네처럼 떠나간다." 삶이 너무나 아름답고 소중하기에 멋지게 살기를 원한다. 나는 늘 삶을 아름답게 살고 싶고 아름답게 표현하는 시를 쓰고 싶어 한다.

어느 해 늦은 가을에 양평에서 강의를 끝내고 시간이 남아 마음의 여유가 있었다. 혼자 강변을 거닐고 있는데 바람에 갈대가 흔들리는 풍경이 너무나 아름다웠다. 내 마음을 몽땅 흔들어 놓았다.

시

나태주

마당을 쓸었습니다
지구 한 모퉁이가 깨끗해졌습니다

꽃 한 송이 피었습니다
지구 한 모퉁이가 아름다워졌습니다

마음속에 시 하나 싹텄습니다
지구 한 모퉁이가 밝아졌습니다

나는 지금 그대를 사랑합니다
지구 한 모퉁이가 더욱 깨끗해지고
아름다워졌습니다.

언제부턴지 모르게 내가 쓰고 있는 '시'에 대한 시를 한 편 쓰고 싶었다. 시를 시로 정의하여 가지런히 표현한 글을 쓰고 싶다. 그런 염원이 낳은 글이 바로 이 글이다. 하기는 시의 모델이 없었던 것은 아니다. 내가 다닌 고등학교는 공주사범학교. 오늘날 공주교육대학의 전신인데 그 학교에는 참 좋은 선생님이 많았다. 그런 선생님 가운데 한 분이 김기평 선생님이신데 김기평 선생님은 우리의 국어 선생님으로 나중에 교육대학교 교수님으로 근무하시다가 정년퇴임하여 오늘날까지 공주에 사시는 분이다.

오늘날 나이는 95세. 선생님은 단독주택에서 사셨는데 시내버스를 타고 출근하다 보면 이른 아침마다 대문 앞에 나와서 도로변을 쓸고 계셨다. 그것도 몽당비를 들고 나와 쓸고 계셨다. 하루도 아니고 평생을 그렇게 쓸고 계셨다. 이러한 모습을 여러 차례 보고 나서 이 시를 썼다.

동행

이정하

같이 걸어 줄 누군가가 있다는 것.
그것처럼 우리 삶에 따스한 것은 없다.
돌이켜 보면, 나는 늘 혼자였다.
사람들은 많았지만 정작 중요한 순간에는
언제나 혼자였다.
기대고 싶을 때 그의 어깨는 비어 있지 않았으며,
잡아 줄 손이 절실히 필요했을 때 그는 저만치서
다른 누군가와 이야기하고 있었다.

그래, 산다는 건 결국
내 곁에 아무도 없다는 것을 확인하는 일이다.
비틀거리고 더듬거리더라도 혼자서 걸어가야 하는
길임을. 들어선 이상 멈출 수도
가지 않을 수도 없는 그 외길……

같이 걸어 줄 누군가가 있다는 것.
아아, 그것처럼 내 삶에 절실한 것은 없다.

혼자 가고 있다는 생각이 많이 드는 요즈음이다. 정작 필요할 때 그는
내 옆에 없었다. 기대고 싶을 때 그의 어깨는 비어 있지 않았으며, 잡아
줄 손이 절실히 필요했을 때 그는 저만치 돌아서 있었다.
돌이켜보면 우리네 삶은 외로움과 동행인 듯싶다. 그러기에 우리는 더
간절히 소망하는지도 모른다. 함께 걸어 줄 누군가를.

양수리에서

각자 사랑하라
둘이서 하려 하지 말고
혼자서 사랑하라

그에게 맞추려 하지 말고
강요도 하지 말고
자기 방식대로 사랑하라

어느 날 샘처럼 솟아난 사랑
저대로 흘러가게 내버려둬라
잔잔히 일렁이다 구비도 돌고
잠시 바위에 막혀 고여 있기도 하다가
때로 폭포로 떨어지기도 하겠지만

그렇게 홀로 길을 가던 각자의 사랑은
언젠가는 만나 하나의 사랑으로 이어지나니
처음부터 왜 하나면 안 되느냐고
조바심치고 불평하는 사람은
햇볕 좋은 날을 골라
양수리 행 기차를 타 보라

거기 북한강과 남한강이
어떻게 합쳐지는지
먼 길 하염없이 달려온 그 두 강이
어떻게 하나가 되는가를

보고 또 보라
그렇게 하나 되어 흘러가는 강의 물줄기는
또 얼마나 아름다운 동행인가를

사랑을 시작하는 연인들에게 권하고 싶다.

꼭 한 번 양수리에 가 보시라고.

거기 강둑에 나란히 앉아 북한강과 남한강이 합쳐지는 모습을 물끄러미 쳐다보시라고.

그 오랜 길을 달려온 두 강이 어떻게 하나가 되는가를 지켜보시라고.

그리하여 하나가 되어 흘러가는 강의 모습은 또 얼마나 아름다운가를 보고 또 보시라고.

내 목숨꽃 지는 날까지

용혜원

내 목숨꽃 피었다가 소리 없이 지는 날까지
아무런 후회없이 그대만을 사랑하고 싶습니다

겨우내 찬바람에 할퀴었던 상처투성이에서도
봄꽃이 화려하게 피어나듯이

이렇게 화창한 봄날이라면
내 마음도 마음껏 풀어내었으면 좋겠습니다

이렇게 화창한 봄날이라면 한동안 모아두었던
그리움도 꽃으로 피워내고 싶습니다

행복이 가득한 꽃 향기로
웃음이 가득한 꽃 향기로

내가 어디를 가나 그대가 쫓아오고
내가 어디로 가나 그대가 앞서갑니다

내 목숨꽃 피었다가 소리 없이 지는 날까지
아무런 후회 없이 그대만을 사랑하고 싶습니다

이정표는 우리의 갈 길을 잘 알려주고 있다. 자신의 삶에 분명한 이
정표가 없는 사람은 참 불행한 사람이다. 어디로 가야 할지 자기의
삶을 잃고 방황하는 사람이기 때문이다. 꿈과 희망을 갖고 살아가
는 사람은 이정표가 분명하다.

행복

나태주

저녁 때
돌아갈 집이 있다는 것

힘들 때
마음속으로 생각할 사람이 있다는 것

외로울 때
혼자서 부를 노래 있다는 것.

나라고 어찌 행복이란 것의 진상을 일찍이 알았겠는가. 뜬구름잡이 같은 인생에 뜬구름 잡는 행복론자였다. 그래서 늘 불행했고 마음이 갈급했고 따분한 날들이었다.

60 · 나이에 가까운 날들. 나는 아내와 자주 마을길 산책에 나섰다. 한 시간이나 두 시간. 그렇게 마을길을 돌고 산길을 돌면 몸은 피곤한데 마음은 편안해졌다. 그것을 알기에 아내도 즐겨 동행을 마다하지 않았다. "후유, 이제 지치고 힘들고 해도 기울고 저녁 시간이 되었으니 여보, 우리 그만 집으로 돌아가자." 그렇게 말했을 때 가슴에 인생의 회한 같은 것이, 슬픔 같은 것이 강물처럼 밀려들어왔다. 새들도 하늘 길 열어 집으로 돌아가고 사람의 그림자도 길게 늘어져 어딘가로 돌아가고 싶어 하지 않는가.

이런 때 우리가 돌아갈 한 칸 집이 없었다면 어찌했을까?

그즈음에서 나온 시가 바로 이 시 「행복」이다. 보고 싶은 마음이 사랑이고 기뻐하는 마음이 행복이란 것을 아슴하게 깨달은 것도 그 즈음의 일이다.

너에게 가는 것만으로도

이정하

처음에 어린 새가 날갯짓을 할 때는
그 여린 파닥임이 무척 안쓰러웠다

하지만 점점 날갯짓을 할수록
더 높은 하늘로 날아오를 수 있다는 것은
우리 삶도 꾸준히 나아가기만 한다면
얼마든지 풍성해질 수 있다는 뜻일 게다

맨 처음 너를 알았을 때
나는 알지 못할 희열에 몸을 떨었다

하지만 그것도 잠시 나는 곧
막막한 두려움을 느껴야 했다
내가 사랑하고 간직하고 싶었던 것들은
항상 멀리 떠나갔으므로

하지만 나는 너에게 간다
이렇게 가다 보면
너에게 당도할 것이라는
막연한 기대를 가지고
내 마음이 환희로 가득 차오르는 건
너에게 가고 있다는 그 사실 때문이었다

너에게 닿아서가 아니라
너를 생각하며 걸어가는 그 자체가 내겐
더없이 행복한 것이었으므로

강물이 흐르지 않고 멈추어 있다면? 그것은 더 이상 강물이 아닐 것이다. 남들은 다 가고 있는데 나 혼자만 제자리에 서 있다면 그것은 '현상유지'가 아니라 '퇴보'나 마찬가지다. 살아간다는 건 어떤 의미에서 현실에 도전해 나간다는 뜻이기도 하니까.

삶의 목표가 무엇이든 간에 그것을 향해 걸어가는 자체가 환희롭다는 것을 깨달았으면 좋겠다. 사랑도 마찬가지. 가도 가도 막막한 길이라 할지라도 그 길을 어찌 가지 않을 수 있을 것인가.

우리 사랑하고 있다면

용혜원

우리 사랑하고 있다면
다시 어디서든지 만날 수 있다
사랑을 잊지 않는다면

목이 쉬도록 부르고픈 이름
그대를 그리워하는 그리움을 가슴에 담아놓고
온 몸의 핏줄을 묶어놓으려 해도
핏줄 속까지 흐르는 그리움의 소리를 막을 수 없다

못 견디어 몸살 나도록 풀리지 않는
아픔으로만 남고 싶지 않다

떠나가려면 아주 떠나가라
아무런 생각 없이 살아왔는데
느닷없이 다가오는 이유는 무엇이냐

마음이 허전함 때문이라면
그 그리움은 잘못이다
잊으려면 아주 잊어버려라

우리가 사랑하고만 있다면
다시 어디서든지 만날 수 있다
사랑을 잊지만 않는다면

아내가 예뻐 보일 때가 행복하다"는 말이 있다.
부부 사이는 살면 살수록 더 닮아가기에 깊은 정이 생겨난다. 이 세상에서 가장 행복한 사람은 사랑하는 사람과 결혼하는 것이다. 나는 그 사랑에 빠져들었다.

사랑은 표현하며 살아야 한다. 꽃은 피어야 하고 비는 내려야 하고 바람은 불어야 한다. 부부 사이의 대화 속에서 사랑은 더 따뜻하고 아름답게 표현된다. 대화 속에서 사랑은 더 깊어 갈 수 있다. 사랑의 대화는 서로에게 더 깊은 관심을 갖게 만든다.

요즘 나는 아침에 일어나서 아내와 눈이 마주치면 개구쟁이처럼 아내에게 이렇게 말한다.

"밤새 보고 싶었지?"

이 말을 들은 아내는 마구 웃으며 고개를 흔든다. 아내의 얼굴 표정에는 웃음이 가득하다.

아내가 웃는 모습에서 나의 행복을 읽어 내릴 수 있다. 행복한 결혼 생활의 비결은 서로가 닮아가고 서로가 양보하고 서로가 감싸주고 이해해 주는 것이다. 부부는 평생을 삶이란 여행 속에 동반하는 동반자이기 때문이다.

우리는 영혼이 깃든 순수한 사랑을 해야 한다. 우리가 사랑에 실패하는 것은 서로가 신뢰하지 않기 때문이다. 서로 꾸미고 변명하고 거짓을 숨겨 놓으면 결코 진실한 사랑을 할 수 없다. 부족하면 채워주고 넘치면 나누어야 한다.

아침에 따뜻하게 아내에게 보낸 따뜻한 말 한 마디는 맛있는 한 잔의 커피로 나에게 다가온다. 아내가 타 주는 한 잔의 커피로 시작되는 아침은 참 기분이 좋다.

부부 사이는 살아가면 갈수록 점점 더 닮아간다. 아내도 이제는 유머가 넘친다. 어느 날, 아내가 잠들어 있는 모습을 보고 있는데 눈을 뜨더니 나에게 이렇게 말했다.

"잠자는 것만 보고 있어도 이쁘지?"

아내와 나는 서로 바라보며 웃고 말았다. 결혼 초기에는 서로가 다른 것이 너무나 많더니 이제는 서로가 같아지는 것이 많아진다.

어느 날, 아내의 손을 꼭 잡고 말했다.

"여보! 당신 덕분에 행복해요!"

아내가 내 손을 다시 잡아주며 말했다.

"나도 당신 때문에 행복해요!"

사랑은 용기와 힘을 준다. 사랑은 혼자가 아닌 둘이 만들어가는 이 세상에서 가장 멋진 걸작이다.

풀꽃·1

나태주

자세히 보아야
예쁘다

오래 보아야
사랑스럽다

너도 그렇다.

초등학교 교장을 할 때 아이들과 풀꽃 그림을 그리면서 아이들에게 잔소리 삼아 한 말들을 그대로 받아서 쓴 작품이다. 그러니까 문어 중심이 아니라 구어 중심으로 쓴 작품이겠다. 흔히 나는 시를 두고 아이들이 준 선물과 같은 작품이라고 말하기도 한다.

글쎄, 사람들이 이제는 대놓고 나더러 '풀꽃시인'이라고 하고 나의 대표작이 바로 이 작품이라고 입을 모은다. 내가 아니라고 손사래를 쳐도 어쩌는 수가 없다.

어쩌리요. 독자들이 그렇다면 그런 것이지. 독자들의 힘은 그렇게 막강한 것이다.

내 탓입니다

이정하

부는 바람이야 뭐
별 생각 있었겠습니까

흔들린 잎새만
한동안 그 느낌에 파르르 떠는 거죠

스쳐 지나갔을 뿐
당신은 아무 잘못 없습니다
흔들리고 아파하는
내가 잘못인 거죠

그래 맞다. 당신이야 무슨 잘못이 있었겠는가. 그저 스쳐지나가기만 했을 뿐.

다가가지도 못한 채 혼자 설레고, 혼자 그리워하고, 혼자 아파한 내가 잘못한 것이다.

그러니 그대여, 그대는 그저 모른 척하라. 뒤돌아보지도 말고 가라.

어느 날 하루는 여행을

용혜원

어느 날 하루는 여행을 떠나
발길 닿는 대로 가야겠습니다
그날은 누구를 꼭 만나거나 무슨 일을 해야 한다는
마음의 짐을 지지 않아서 좋을 것입니다
하늘도 땅도 달라 보이고
날아갈 듯한 마음에 가슴 벅찬 노래를 부르며
살아 있는 표정을 만나고 싶습니다
시골 아낙네의 모습에서
농부의 모습에서
어부의 모습에서
개구쟁이들의 모습에서
모든 것을 새롭게 알고 싶습니다

정류장에서 만난 사람에게 가벼운 목례를 하고
산길에서 웃음으로 길을 묻고
옆자리의 시선도 만나
오며 가며 잃었던 나를 만나야겠습니다
아침이면 숲길에서 나무들의 이야기를 묻고
구름이 떠가는 이유를 알고
파도의 울부짖는 소리를 들으며
나를 가만히 들여다보겠습니다
저녁이 오면 인생의 모든 이야기를
하룻밤에 만들고 싶습니다
돌아올 때는 비밀스런 이야기로
행복한 웃음을 띄우겠습니다

사랑하는 사람들은 함께 여행을 떠나고 싶어 한다. 일상의 모든 것을
벗어버리고 둘만의 시간을 원한다. 바닷가를 거닐며 갯내음에 취하고
숲속 길을 산책하며 숲 향기에 빠져들고 싶다. 낭만적인 카페에 호젓하
게 앉아서 커피를 마시며 사랑을 속삭이고 싶어 한다.
사랑하는 사람들은 누구나 둘이 같이 있고 싶어 한다. 둘만의 시간 속에 사랑
을 확인하고 싶어 하고 낭만적인 추억과 함께 삶의 여운을 남기고 싶어 한다.
사랑은 혼자 만드는 것이 아니라 둘이 만들어가는 것이기에 둘만의 시
간을 원하는 것이다.

누구나 여행을 싫어하는 사람은 없을 것이다. 모두 다 떠나고 싶어 하는
여행을 사랑하는 사람과 떠나는 것은 마음이 설레고 가슴 벅찬 일이다.
사랑하는 이와 여행을 떠나면 결코 지루하지 않을 것이다. 달콤한 꿈을
꾸고 있는 듯이 여행의 즐거움 속으로 빠져들 것이다. 사랑하는 이와
나란히 앉아 파도치는 해변을 바라보아도 좋고 마주 앉아 사랑하는 이
의 눈빛 속에 빠져들어도 좋을 것이다.
여행은 넓은 공간 속에 둘만의 공간을 만들어 준다. 여행은 흐르는 시
간 속에 둘만의 공간을 만들어 준다.

멀리서 빈다

나태주

어딘가 내가 모르는 곳에
보이지 않는 꽃처럼 웃고 있는
너 한 사람으로 하여 세상은
다시 한 번 눈부신 아침이 되고

어딘가 네가 모르는 곳에
보이지 않는 풀잎처럼 숨 쉬고 있는
나 한 사람으로 하여 세상은
다시 한 번 고요한 저녁이 온다

가을이다, 부디 아프지 마라.

교직 정년을 앞두고 죽을병에 걸렸다가 나은 뒤로 나의 세상이 달라졌다. 나 스스로가 달라지기도 했지만 나를 바라보는 세상도 달라졌다. 그것은 새롭게 태어난 세상이었다. 어리고도 순한 세상.

그런 세상 앞에 나는 술을 마시지 않고서도 취했고 구름을 보고서도 비틀거리고 바람 속에서도 흔들거렸다. 말하자면 자연과 내가 하나가 된 셈이다. 이것은 하나의 축복과 같은 그 무엇.

이러한 축복의 마음이 위의 시를 쓰게 했다. 흔히 나는 한 편의 시 가운데는 신이 주신 문장이 들어 있어야 한다는 말을 자주 하는데 이 시에서도 보면 맨 마지막 문장 '가을이다, 부디 아프지 마라'가 바로 신이 주신 문장이다.

이제는 서로가 기도해 줄 때이고 서로가 서로의 안위를 빌어 줄 때이고 서로 멀리서 걱정하는 마음으로 별이 되어 반짝일 때이다.

나무는

이정하

외롭지 않네
가까이 다가설 수 없었지만
더 멀어지지도 않았으므로

겉으로야 무심한 척 시침떼지만
그를 향해 뻗어 있는 잔뿌리를 보라
남들 모르는 땅 속 깊이
서로 부둥켜 안고 있지 않는가

프랑스의 대문호 알베르트 카뮈의 말이 생각난다.

"무엇이 우리의 삶을 증언해 줄 것인가? 우리의 작품인가, 철학인가?

그건 아니다. 오직 사랑만이 우리의 존재를 증명해줄 뿐이다."

한 잔의 커피

용혜원

사랑이 녹고
슬픔이 녹고
마음이 녹고

온 세상이 녹아내리면
한 잔의 커피가 된다

모든 삶의 이야기들을
마시고 나면 언제나 빈 잔이 된다

나의 삶처럼
너의 삶처럼

나는 커피를 좋아한다. 커피에는 인생의 맛이 그대로 담겨져 있다. 커피원두의 쓴맛, 신맛은 삶의 절망, 고통, 아픔과 같다. 설탕의 단맛은 삶의 기쁨, 감동, 환희와 같다. 프림 맛은 무언지 모를 맛이지만 조화를 이루어주는 맛이다.

김 오르는 뜨거운 커피가 맛있을 때가 있고 얼음이 동동 떠 있는 차가운 냉커피가 맛있을 때가 있다. 생두 커피가 맛있을 때가 있고 자판기 커피가 맛있을 때도 있다.

커피의 맛도 사람의 감정에 따라 그 맛이 달라진다. 커피는 음미하며 마실 때가 더 맛있다. 마음이 쓸쓸하고 고독할 때 창밖을 바라보며 커피를 조금씩 조금씩 컵을 씹듯이 마시면 기분이 묘하게 좋아진다.

소원

마음 셋

좋은 사람 있으면
마음속에 숨겨두지 말고
마음껏 좋아하고 마음껏 그리워하세요

- 나태주의 시 〈아끼지 마세요〉 중에서

관심은 그 사람 마음으로 그 사람을 생각해 주는 것이다.

간섭은 내 마음으로 그 사람을 생각해 주는 것이다. 간섭이란 일종의 감금이다. 상대방을 자신의 마음에 가둬두는 것이다.

관심은 사랑을 만들고 그리움을 만들어 놓는다. 그리움은 어떤 대상을 좋아하거나 곁에 두고 싶어 하지만 그럴 수 없어서 애타는 마음을 말한다.

영화 철도원에 "그리움을 놓치지 않으면 꿈이 이루어진다!"라는 대사가 나온다.

우리는 삶 속에서 관심을 갖고 살아야 한다. 시인도 삶에 관심이 있고 자연에 관심이 있고 세상살이에 관심이 있어야 시를 쓴다.

아침 이슬

용혜원

풀잎들도 밤새도록
한 맺히게 슬펐나 보다
이른 아침에 풀잎마다 눈물 맺혀 있다

관심

용혜원

늘 지켜보며
무언가를 해주고 싶었다

네가 울면 같이 울고
네가 웃으면 같이 웃고 싶었다

깊게 보는 눈으로
넓게 보는 눈으로
널 바라보고 있다

바라보고만 있어도 행복하기에
모든 것을 포기하더라도
모든 것을 잃더라도
다 해주고 싶었다

우리는 만나면 좋고 함께 있으면 더 좋고 떠나가면 그리운 사람이 되어 살자.

짐 콜린스는 "성공이란 나이가 들수록 가족과 주변 사람들이 점점 더 나를 좋아하는 것이다."라고 말했다.

나이가 들어도 주변 사람들에게 관심을 받는다는 것은 그만큼 삶을 열정적으로 살아간다는 것이다.

"사람은 머물면 집을 만들고 떠나면 길을 만든다."

관심은 삶을 살아가는 데 행복을 만들어 준다. 삶 속에서 외로움을 느낄 때 누군가 관심을 가져주면 참 행복해진다.

모든 일 뜻대로 안 되고 혼자 남아 있을 때 고독은 홀로 버려진 듯 정말 미칠 듯 외롭다.

오늘의 약속

나태주

덩치 큰 이야기, 무거운 이야기는 하지 않기로 해요
조그만 이야기, 가벼운 이야기만 하기로 해요
아침에 일어나 낯선 새 한 마리가 날아가는 것을
보았다든지
길을 가다 담장 너머 아이들 떠들며 노는 소리가 들려
잠시 발을 멈췄다든지
매미 소리가 하늘 속으로 강물을 만들며 흘러가는 것을
문득 느꼈다든지
그런 이야기들만 하기로 해요

남의 이야기, 세상 이야기는 하지 않기로 해요
우리들의 이야기, 서로의 이야기만 하기로 해요
지나간 밤 쉽게 잠이 오지 않아 애를 먹었다든지
하루 종일 보고픈 마음이 떠나지 않아
가슴이 뻐근했다든지
모처럼 개인 밤하늘 사이로 별 하나 찾아내어
숨겨놓은 소원을 빌었다든지
그런 이야기들만 하기로 해요

실은 우리들 이야기만 하기에도 시간이 많지 않은 걸
우리는 잘 알아요
그래요, 우리 멀리 떨어져 살면서도
오래 헤어져 살면서도 스스로
행복해지기로 해요
그게 오늘의 약속이에요.

60 나이쯤 해서 좋아하는 한 여성이 있었다. 그러나 그 여성은 나보다 세 살이나 나이가 많은 여성이었다. 누나였다.

누나가 없는 나. 그냥 좋았다. 미국에서 사는 교포문인이었다. 미국에 문학 강연 초청을 갈 때마다 나와서 나를 반겼고 미국 현지의 여행길도 따라가 주었다. 많은 이야기를 들려주었다. 누구나의 인생도 기구하고 지난하기는 마찬가지. 그런 얘기의 수풀을 통과하면서 마음이 가까워졌고 느낌이 통했다. 나는 여러 편의 시를 써서 그녀에게 보여주었다. 다만 웃기만 하던 그녀. 웃는 입술이 나이답지 않게 고왔다. 치열 또한 고왔던 기억이다.

돌멩이

나태주

흐르는 맑은 물결 속에 잠겨
보일 듯 말 듯 일렁이는
얼룩무늬 돌멩이 하나
돌아가는 길에 가져가야지
집어 올려 바위 위에
놓아두고 잠시
다른 볼일 보고 돌아와
찾으려니 도무지
어느 자리에 두었는지
찾을 수가 없다

혹시 그 돌멩이, 나 아니었을까?

백담사에서 만해시인학교를 열던 시절이다. 설악산 시인 이성선도 살아 있었고, 무등산의 시인 송수권도 살아 있던 시절이다. 백담사가 위치한 곳은 내설악. 여름철 큰비가 내리고 나면 골짜기 가득 개울에 너무나도 맑고 깨끗한 물이 넘쳐났다.

도무지 오염되지 않은 순수청정 하늘나라의 물이었다. 그 물이 좋아 자주 개울에 나가 발을 잠그기도 하고 조약돌을 줍기도 했다. 정말로 시에서처럼 어느 날 조약돌을 하나 주워서 그것을 바위 위에 올려놓고 다른 볼일을 좀 보고 돌아와 그 돌을 찾으려고 하니 깡그리 그 돌을 찾을 수가 없었다.

이럴 수가! 그때 나는 그 돌이 혹시 나 자신이 아닐까 하는 생각을 잠시 했다. 어딘가 내가 나를 던져 놓고 그러한 나를 찾지 못하고 헤매는 것이 나의 인생이 아니가 싶은 생각을 했다. 무심하게 문득 쓴 작품인데 좋아해 주는 사람들이 많다. 그들 또한 자기 자신을 어딘가에 놓고 와서 혼란스러운 사람이었던 모양이다.

너를 보내고

이정하

너를 보내고, 나는 오랫동안
아무 말도 하지 않았다.
찻잔은 아직도 따스했으나
슬픔과 절망의 입자만
내 가슴을 날카롭게 파고들었다.
어리석었던 내 삶의 편린들이여,
언제나 나는 뒤늦게 사랑을 느꼈고
언제나 나는 보내고 나서 후회했다.

가슴은 차가운데 눈물은 왜 이리 뜨거운가.
찻잔은 식은 지 이미 오래였지만
내 사랑은 지금부터 시작이다.
내 슬픔, 내 그리움은
이제부터 데워지리라.
그대는 가고
나는 갈 수 없는 그 길을
나 얼마나 오랫동안 바라보아야 할까.

안개가 피어올랐다.
기어이 그대를 따라가고야 말
내 슬픈 영혼의 입자들이.

어쩌면, 이별은 사랑의 절정이 아닐까? 그 순간만큼 그를 절절이 사랑하던 때는 없는 것 같다. 아프고 괴로웠던 한 시기, 하지만 그로 인해 내 삶이 더욱 성숙해지고 풍성해졌다는 것은 부인할 수가 없다. 그 아팠던 추억들로 인해 내 삶이 많이 따스해졌다는 걸 느낀다. 비록 슬픔이 대부분을 차지한다 하더라도 사랑이 있었기에 내 삶이 넉넉할 수 있지 않았던가.

길 위에서

이정하

길 위에 서면 나는 서러웠다
갈 수도, 안 갈 수도 없는 길이었으므로
돌아가자니 너무 많이 걸어왔고,
계속 가자니 끝이 보이지 않아
너무 막막했다

허무와 슬픔이라는 장애물,
나는 그것들과 싸우며 길은 간다
그대라는 이정표,
나는 더듬거리며 길을 간다
그대여, 너는 왜 저만치 멀리 서 있는가
왜 손 한번 따스하게 잡아주지 않는가
길을 간다는 것은,
확신도 없이 혼자서 길을 간다는 것은
늘 쓸쓸하고도 눈물겨운 일이었다

내 앞엔 내가 걸어가야 할 길이 놓여 있었고, 그대 앞엔 그대가 걸어가야
할 길이 놓여 있었다. 그 길이 어디쯤서 마주칠지 몰라 나는 늘 두리번거
렸다. 길은 내게 일렀다, 이제 그만 돌아가라고. 나는 고개를 흔들었다,
돌아가기엔 이미 너무 많이 걸어왔노라고.
세상에 나 있는 수없이 많은 길, 그 길 어느 모퉁이쯤에 나는 서 있다.
이 길이 너를 향한 길이라는 확신만 있었더라면 이토록 쓸쓸하진 않았을
텐데.

행복을 느낄 수 있다는 것은

용혜원

삶이란 바다에 잔잔한 파도가 치고 있다는 것이다

사랑하는 사람과 함께 할 수 있어
낭만이 흐르고 음악이 흐르는 곳에서
서로의 눈빛을 통하며 함께 커피를 마실 수 있고
흐르는 계절을 따라 사랑의 거리를 함께 정답게 걸으며
하고픈 이야기를 정답게 나눌 수 있다는 것이다

사랑하는 사람과 한 집에 살아
신발을 나란히 놓을 수 있으며
마주 바라보며 식사를 할 수 있고
잠자리를 함께하며 편안히 눕고 깨어날 수 있다는 것이다

서로를 소유할 수 있으며
서로가 원하는 것을 나누며
함께 꿈을 이루어가며 기쁨과 사랑이 충만하다는 것이다

행복을 느낄 수 있다는 것은
보이지 않는 삶의 울타리 안에
편안함이 가득하다는 것이다

삶이란 들판에 거세지 않게
가슴을 잔잔히 흔들어 놓는 바람이 불고 있다는 것이다

삶은 꿈과 비전을 마음껏 펼쳐나가는 무대다. 무대 위에서 춤을 추는 사람을 바라보라. 무대 위에서 연주하는 사람들을 바라보라. 모든 분야에 달인을 바라보라. 얼마나 열정적으로 즐겁게 감동하며 일하고 있는지.

아무리 좋은 배라도 항구에 정박되어만 있으면 고철에 불과하다. 젊은이라면 자신에게 있는 가능성을 가능으로 바꾸어 나가야 한다. 삶을 멋지게, 신나게, 열정적으로 살아야 한다.

톨스토이는 "이 세상에서 가장 중요한 때는 바로 지금이고, 가장 중요한 사람은 지금 당신과 함께 있는 사람이고. 가장 중요한 일은 지금 당신 곁에 있는 사람을 위해 좋은 일을 하는 것이다. 이것이 우리가 이 땅에 살고 있는 이유다." 라고 말했다.

지금 이 순간 열정을 쏟아야 한다.

내가 너를

나태주

내가 너를
얼마나 좋아하는지
너는 몰라도 된다

너를 좋아하는 마음은
오로지 나의 것이요,
나의 그리움은
나 혼자만의 것으로도
차고 넘치니까……

나는 이제
너 없이도 너를
좋아할 수 있다.

이 작품은 아주 오래 전, 내 나이 35세 젊은 시절의 작품이다. 제3회 흙의 문학상을 받은 〈막동리 소묘〉 172번의 작품이기도 하다. 〈막동리소묘〉는 4행시(너줄시) 185편으로 구성된 연작시이다. 그러한 연작시의 172번째 작품이 바로 이 작품이란 말이다.

물론 이 작품도 다른 작품들과 마찬가지로 네 줄로 된 4행시이다. 그런데 보시는 바와 같이 3연 11행의 시로 다시금 태어났다. 누가 이런 일을 했나? 내가 한 일이 아니다. 누군가 눈 밝은 독자가 시집 속에서 이시 한 편만을 꺼내어 이렇게 행과 연을 갈라서 다시금 보여준 것이다. 처음 인터넷에서 이 시를 보았을 때 나는 내가 쓴 작품이 아니라고 생각했다. 그런데 작품집을 살펴보니 그것은 분명 나의 작품이었다. 놀라웠다. 독자의 힘이 이렇게도 센 것인가를 처음 알았다. 그런데, 그런데말이다. 독자들이 너무나도 이 작품을 좋아한다. 다른 그 어떤 작품보다도 좋아한다.

정말로 그것이 그렇다면 이 작품을 시집 속에서 꺼내고 인터넷에 올린일은 매우 잘한 일이 된다. 정말로 이 시는 나 혼자서 쓴 시가 아니다. 이런 데서도 우리는 시라는 것이 시인 혼자만의 것이 아니고 보다 더 많이 독자들의 것이란 것을 깨닫는다. 이런 것을 우리가 알다니, 참으로 놀랍고도 새롭고도 고마운 일이다.

어디쯤 가고 있을까

이정하

내가 원하는 것들은
옆에 있어 주지 않았다
원하지 않는 것들만 내게 몰려들어
그 속에 빠져 허우적거리기 일쑤였다

늘 그랬다, 내게 있어 세상은
내게 있어 너마저도

최선을 다했다고 생각했지만
사실은, 다가올 실패가 두려워
약간의 여지는 남겨둔 지도 모를 일이었다
그래서 내가 잡을 수 있는 것은
기껏 네가 남겨두고 간 눈물자국이거나
먹다 만 과자 부스러기 같은 것들뿐이었다
너 없이도 행복하고 싶었지만
행복할 것이라 마음먹었지만
그럴수록 행복과는 더더욱
멀어진다는 것을 깨달았을 때

어찌하여 세월은 나보다 더 빠른 것인가
모든 흘러가는 것들은 머물지 못한다
그러고 보면 세상엔 흐르지 않는 것이 없는데
무엇을 잡기 위해
이리도 허우적거리는가

지금 난 어디로 가고 있나
어디쯤 가고 있을까

가끔은 찬찬히 둘러봐야 할 것이 있다. 내가 지나온 길과 내 주변에 있는 것이 무엇인가를. 내가 어디를 향해 가고 있으며, 또한 어디쯤 가고 있는가를. 짚어볼 건 짚어보며 가야 한다. 그래야 샛길로 빠지지 않는다.

봄을 맞는 자세·1

이정하

봄이 왔다고
소란 떨지 마라
지천에 널리고 널린 꽃무리 예쁘다고
호들갑 떨지 마라

그 전에 잠시 묵념할 것
무사히 지난 겨울을 나게 해준
것들에 대해

고마웠다고 손 흔들어 줄 것
봄이 오기까지 우리를 따스하게 해준
모든 것들에 대해

봄을 맞는 자세·2

이정하

봄이 와서 꽃 피는 게 아니다
꽃 피어서 봄이 오는 것이다

긴 겨울 찬바람 속
얼었다 녹았다 되풀이하면서도
기어이 새움이 트고 꽃 핀 것은

우물쭈물 눈치만 보고 있던
봄을 데려오기 위함이다

골방에 처박혀 울음만 삼키고 있는 자여,
기다린다는 핑계로 문을 잠그지 마라
기별이 없으면 스스로 찾아 나서면 될 일,
멱살을 잡고서라도 끌고 와야 할 누군가가
대문 밖 저 너머에 있다

내가 먼저 꽃 피지 않으면
내가 먼저 문 열고 나서지 않으면
봄은 오지 않는다
끝끝내 추운 겨울이다

봄은, 실제 그대로의 봄일 수도 있고, 사랑하는 그대일 수도 있고, 내가 바라고 바라던 소망일 수도 있습니다.

봄이 그냥 오진 않았을 겁니다. 누군가의, 또 무언가의 노력이 있었기 때문에 왔을 것이라고 저는 생각합니다. 끌고 오려는 노력과 바람, 무언가 대비하고 준비하는 자세, 그건 우리가 인생을 살아가는 데 정말 중요한 것이 아닐까요?

추억 하나쯤은

용혜원

추억 하나쯤은
꼬깃꼬깃 접어서
마음속 넣어둘 걸 그랬다

살다가 문득 생각이 나면
꾹꾹 눌러 참고 있던 것들을
살짝 다시 꺼내보고 풀어보고 싶다

목매달고 애원했던 것들도
세월이 지나가면
뭐 그리 대단한 것도 아니다

끊어지고 이어지고
이어지고 끊어지는 것이
인연인가보다

잊어보려고
말끔히 지워버렸는데
왜 다시 이어놓고 싶을까

그리움 탓에 서먹서먹하고
앙상해져 버린 마음
다시 따뜻하게 안아주고 싶다

이 땅에 존재하는 모든 만물 중에 사람들만 웃고 살아간다. 웃음은
곧 행복을 표현하는 방법이다.

웃음은 좋은 화장이다. 웃음보다 우리들의 얼굴 모습을 밝게 해주는
화장품은 없다.

우리들의 삶은 짧고도 짧다. 웃을 수 있는 여유가 있는 사람이 행복한
사람이다. 남에게 웃음을 주는 사람은 자신은 물론 남도 행복하게 해
주는 사람이다. 신나게 웃을 수 있는 일들이 많이 있으면 더욱 좋을 것
이다. 하지만 스스로 만들어 가는 것이 중요하다.

아끼지 마세요

나태주

좋은 것 아끼지 마세요
옷장 속에 들어 있는 새로운 옷 예쁜 옷
잔칫날 간다고 결혼식장 간다고
아끼지 마세요
그러다 그러다가 철 지나면 헌옷 되지요

마음 또한 아끼지 마세요
마음속에 들어 있는 사랑스런 마음 그리운 마음
정말로 좋은 사람 생기면 준다고
아끼지 마세요
그러다 그러다가 마음의 물기 마르면 노인이 되지요

좋은 옷 있으면 생각날 때 입고
좋은 음식 있으면 먹고 싶은 때 먹고
좋은 음악 있으면 듣고 싶은 때 들으세요
더구나 좋은 사람 있으면
마음속에 숨겨두지 말고
마음껏 좋아하고 마음껏 그리워하세요

그리하여 때로는 얼굴 붉힐 일
눈물 글썽일 일 있다 한들
그게 무슨 대수겠어요!
지금도 그대 앞에 꽃이 있고
좋은 사람이 있지 않나요
그 꽃을 마음껏 좋아하고
그 사람을 마음껏 그리워하세요.

이 시는 아내에게 전하는 말을 시의 형식으로 바꾼 작품이다. 한국의 대부분의 주부들이 그러하듯이 우리 집사람은 너무나 살림을 잘하는 사람으로 무엇이든지 아끼고 무엇이든지 소중히 여긴다. 몸에 밴 절약이고 검약이다.

실은 이러한 살가움에 기대어 내가 이때껏 그런 대로 살아왔는지 모를 일이다. 감사한 노릇이다. 하지만 자기 자신에 대한 투자가 도무지 없다는 것은 쓸쓸한 일이다. 열심히 일하고 치열하게 아끼며 살았으면 한 번쯤은 쓰기도 하고 자신의 수고로움에 보상을 하기도 해야 하는 게 아닌가. 이러한 생각이 이 시를 쓰게 했다.

그러한 마음과 그러한 충고는 어찌 우리 집사람 한 사람에게만 해당되는 것이랴. 나 또한 스스로를 살피고 스스로를 달래고 위로하면서 살아야 할 인생이 아니던가!

약속

마음 넷

우리들의 삶은 하나의 약속이다
장난끼 어린 꼬마아이들의
새끼손가락 거는 놀음이 아니라
진실이라는 다리를 만들고 싶은 것이다

– 용혜원의 시 〈길을 걷는다는 것은〉 중에서

가을이 있어 참 행복하다. 푸른 하늘에 빨간 고추잠자리를 점 하나 찍어 놓은 듯 날고 있으면 마음은 어느 사이에 동심으로 돌아간다. 가을은 사람들의 마음에 사랑의 호수를 만들어 놓는다. 누구나 호수에 빠져들어 사랑을 하고 싶게 만든다. 가을에는 보이는 것마다 만나는 것마다 참으로 아름답다는 생각을 하게 만든다. 가을 색깔에 빠져들어 가을 사랑을 하게 만든다. 가을 하늘, 가을 강, 가을 산, 가을 들판, 가을 길 어느 것 하나 놓치고 싶지 않을 정도로 아름답다. 일년 중에 가을의 색감은 탄성을 지르고 싶은 정도로 아름답다. 이 세상에 어떻게 이런 아름다운 색깔이 있을까. 가을의 색깔에 빠져 감동하게 된다. 가을이 오면 지구상의 모든 색의 화려한 잔치가 벌어지기 때문이다. 가을에는 모든 이의 눈동자가 아름다운 것들을 만나면 사진을 찍어 놓듯이 마음판에 새겨놓고 싶어 한다. 가을은 누구나 시인이 되게 만든다. 가을은 누구나 가을을 노래하게 만든다.

가을 거리를 나서다 가을 풍경이 너무나 아름다워 〈가을 하루〉란 시를 썼다.

산책

용혜원

모든 것들이 제자리를 찾아 있다
나만 걷는다

시계는 시시각으로 변하는
시간 속으로 빨려들어가고 있다
지치고 힘들고 어지러웠던
일상의 삶을 잠시 떠나는
쉼표의 시간이다

발끝에서 발끝으로 이어지는 길을
가볍게 걷는다
심장이 따뜻해진다

눈으로 다가오는 푸른 나무들
마음으로 생명을 읽어내린다
코끝으로 다가오는 싱그러움을
가슴에 담는다
살아 있음이 행복하다

가을 하루

용혜원

하루가 창을 열었습니다
막 필름을 갈아 낀 사진기자의 눈동자처럼
초점을 맞추며 거리를 나섭니다

시인의 노래보다 더 푸른 하늘에
빨간 점 하나 찍으며 날아온 고추잠자리
가지 끝에 달려 있는 나뭇잎에
외마디처럼 남아 있던 가을이 바람에 날립니다

오늘은 기억에 남을 몇 장의 스냅사진 같은
일들이 있었으면 좋겠습니다

수북이 쌓인 낙엽과 함께
나의 발자국마저 쓸어 담는 청소부를 보며
마음만 외로워져 돌아왔습니다

가을에는 오라는 곳이 없어도 부르는 곳이 없어도 어디론가 떠나고 싶다. 가을 풍경이 마음 한 자락을 붙잡고 잡아당기기 때문이다. 가을에는 모든 것들이 나를 부른다. "나에게 오라고! 나에게 오라고!" 부르고 또 불러서 가만히 앉아 있을 수가 없다. 가을 길은 홀로 걸어도 좋고 둘이 걸으면 더욱 좋다. 사랑하는 사람을 만나면 이야기를 나누어도 좋고 말없이 바라만 보아도 좋고 때로는 낙엽이 떨어지는 거리를 걷고 또 걸어도 좋다. 단풍이 물든 거리를 걷다보면 자꾸만 자꾸만 가을 속으로 빠져 들어 그리운 얼굴들이 떠오른다. 보고픈 얼굴이 떠오른다. 한동안 소식 없었던 친구들이 그립고 만나고 싶어진다. 인생을 생각하게 되고 삶을 생각하게 되고 고독에 깊이 빠져들게 된다. 가을에는 낙엽이 떨어져 외롭게 서 있는 나무들처럼 우리의 마음에도 외로움이 찾아든다. 길을 걷다가 벤치에 앉아 하늘을 바라보면 내 마음에 그리움처럼 구름 한 조각 그리움을 가득 안고 흘러간다. 가을 길을 걷다 보면 꽃집에서 가을을 팔고 있는 것을 볼 수 있다.

가을 파는 꽃집을 발견한 나는 <가을 파는 꽃집>이라는 시를 썼다.

가을을 파는 꽃집

용혜원

꽃집에서
가을을 팔고 있습니다
가을 연인 같은 갈대와 마른 나뭇가지
그리고 가을꽃들
가을이 다 모여 있습니다
하지만 가을바람은 준비하지 못했습니다
거리에서 가슴으로 느껴 보세요
사람들 속에서도 불어오니까요
어느 사이에
그대 가슴에도 불고 있지 않나요
가을을 느끼고 싶은 사람들
가을과 함께하고 싶은 사람들은
가을을 파는 꽃집으로
찾아오세요
가을을 팝니다
원하는 만큼 팔고 있습니다
고독은 덤으로 드리겠습니다

가을에는 이야기를 나눌 사람이 필요하다. 거리의 카페에서 커피 잔 가득한 가을 낙엽이 만들어 놓은 듯한 따끈한 가을 색 한 잔의 커피와 함께 추억을 이야기하고 싶은 사람이 필요하다. 꿈을 이야기하고 사랑을 이야기하고 내일의 이야기를 마음껏 나눌 수 있는 사람이 필요하다. 친구도 좋고, 사랑하는 사람도 좋고 누군가 마음을 터놓고 밤이 깊도록 이야기를 나누고 싶은 사람을 만나고 싶다. 가을은 인생을 이야기하기에 가장 좋은 계절이다. 삶을 이야기하고 가을을 이야기하다 보면 속 깊은 정이 들어 가을밤이 깊어가는 줄도 모르고 이야기 속에 빠져들게 된다. 가을 이야기를 나누고 싶은 사람이 만나고 싶어 <가을 이야기>라는 시를 썼다.

가을 이야기

용혜원

가을이
거기에 있습니다

숲길을 지나
곱게 물든 단풍잎들 속에
우리가 미처 나누지 못한
사랑이야기가 있었습니다

푸른 하늘 아래
마음껏 탄성을 질러도 좋을
우리를 어디론가 떠나고 싶게 하는
설렘이 있었습니다
가을이 거기에 있었습니다

갈바람에 떨어지는 노란 은행잎들 속에
우리의 꿈과 같은
사랑이야기가 있었습니다

호반에는
가을 떠나보내는 진혼곡을 울리고
헤어짐을 아쉬워하는
가을 이야기가 있었습니다

한 잔의 커피와 같은
삶의 이야기
가을이
거기에 있었습니다

올 가을에는 삶 속에서 가장 감동이 넘치는 가을을 만들고 싶다. 마음의 창고에 두고 보아도 감동이 넘치는 가을을 만들고 싶다. 사랑이 넘치고 낭만이 넘치는 가을을 만들고 싶다. 가을이 오고 있다. 가을이 오는 거리로 뚜벅 뚜벅 걸어가야겠다.

허수아비

이정하

아빠는 그렇습니다
다정한 말 한 마디 건네지 못하지만
늘 네 주변에서 서성거리고 있다는 거

아빠는 그렇습니다
행여 네가 짊어진 삶의 짐이 무겁지나 않을까
늘 마음 조리며 바라보고 있다는 거

아빠는 또 그렇습니다
해준 게 너무 없고 해줄 게 너무 없어
그렁한 눈으로 지켜보다
끝내 고개 떨군다는 것을

아빠는 정말 그렇습니다
세상의 험로 앞에 서 있는 너의 길이
평탄하며 순조롭기만을 바란다는 것을
늘 기도하며 서 있다는 것을

오래 떨어져 있던 딸아이와 모처럼 만났지만 가난한 시인 아비는 해줄 게 마땅히 없었습니다. 그저 마음으로나마 딸아이의 앞날이 평탄하길 바라며 간절한 마음으로 한 편의 시를 썼습니다. 세상 모든 아버지의 심정이 이럴 거라 여기며….

어머니의 청춘

이정하

어머니와 함께 고향에 갔다가 돌아오는 길
차창 밖으로
한껏 푸르러진 산을 보고
어머니가 혼잣말로 중얼거리셨다
저 산은 시방 청춘이네

어쩌면 부럽기도 하고
쓸쓸하기도 하셨을 것이다
못 들은 척하던 나는 운전하던
차의 속도만 조금 낮췄을 뿐이다

어머니에게도 청춘이 있었다는 사실을
나는 왜 까마득히 잊고 있었을까
흘깃 룸미러를 통해 본 어머니는
그 푸르른 산에서 시선을 뗄 줄 몰랐다
오래 전, 당신이 청춘이던
그 시절로 돌아가듯

어쩌면 우리의 어머니들은 다 시인이다. 하시는 말씀마다 세상의 이치며 삶의 진리 같은 것들이 녹아 있으니까.

자식들에게 다 주고 이제 뭐가 남았던가. 그 어머니에게도 푸르른 청춘이 있었고, 창창한 꿈이 있었음을 잊지 말아야 할 것이다. 지금 우리가 여기까지 온 것은 다 그걸 갉아먹고 온 덕임을.

희망

나태주

날이 개면 시장에 가리라
새로 산 자전거를 타고
힘들여 페달을 비비며

될수록 소로길을 찾아서
개울길을 따라서
흐드러진 코스모스 꽃들
새로 피어나는 과꽃들 보며 가야지

아는 사람을 만나면 자전거에서 내려
악수를 청하며 인사를 할 것이다
기분이 좋아지면 휘파람이라도 불 것이다

어느 집 담장 위엔가
넝쿨콩도 올라와 열렸네
석류도 바깥세상이 궁금한지
고개 내밀고 얼굴 붉혔네

시장에 가서는
아내가 부탁한 반찬거리를 사리라
생선도 사고 채소도 사 가지고 오리라.

흔히 사람들은 희망이란 것이 아주 먼 곳에 있고 아주 큰 것에 있다고 생각하기 쉽다. 실은 나도 그랬다. 그런데 병원생활을 마치고 집에 돌아왔을 때 희망이란 것이 그렇게 거창한 것이 아니고 아주 작은 것이란 것을 알았고, 먼 곳에 있는 그 무엇이 아니라 가까운 곳에 있는 흔한 것, 일상적이란 것을 알았다.

가족들이 걱정하고 말리는데도 불구하고 나는 한사코 자전거 한 대를 구입해서 그걸 타고서 공주 시내를 후비고 다녔다. 팔다리에서 빠져나간 근육이 조금씩 돌아왔다. 서 있기도 힘들던 내가 조금씩 짱짱한 사람으로 바꾸어 갔다.

그런 과정에서 이 시를 썼다. 나로서는 또 하나의 기념비 같은 시. 이런 시가 다시 한 번 나를 살렸다. 아내의 청으로 시장에 가서 생선을 사고 채소를 사가지고 자전거에 매달고 집으로 돌아오는 마음이 얼마나 즐거운 마음인가!

기도

나태주

내가 외로운 사람이라면
나보다 더 외로운 사람을
생각하게 하여 주옵소서

내가 추운 사람이라면
나보다 더 추운 사람을
생각하게 하여 주옵소서

내가 가난한 사람이라면
나보다 더 가난한 사람을
생각하게 하여 주옵소서

더욱이나 내가 비천한 사람이라면
나보다 더 비천한 사람을
생각하게 하여 주옵소서

그리하여 때때로
스스로 묻고
스스로 대답하게 하여 주옵소서

나는 지금 어디에 와 있는가?
나는 지금 어디로 향해 가고 있는가?
나는 지금 무엇을 보고 있는가?
나는 지금 무엇을 꿈꾸고 있는가?

신년시 한 편을 써 달라는 청탁을 받은 일이 있다. 가난하고 춥고 비천하게 살던 시절. 나는 나의 입장을 생각하고 나와 비슷한 처지에 사는 사람들을 위해 이 시를 써 주었다. 그런데 보기 좋게 딱지를 맞았다. 신년시로서는 적당하지 않은 시라나!

이 시보다 더 적당한 신년시가 어디 있을까. 새해를 맞아 자신과 주변을 돌아보는 것이 신년시가 가져야 할 덕목이 아닐까. 사람들의 생각과 주장이 천차만별 그렇게 다르다. 제목이 〈기도〉이기 때문에 그랬을까. 아무튼 나는 모르겠다. 청탁이긴 했지만 그러는 바람에 〈기도〉란 시를 한 편 썼으니 나로선 거꾸로 다행인 셈이다.

빈이무첨(貧而無諂), 부이무교(富而無驕). 내 비록 오늘날 가난하게 살지만 잘난 사람 부자로 사는 사람에게 아첨하지 않을 것이며, 내 나중에 조금 부유하게 되고 높은 자리에 앉게 되어도 교만하지 않으리라. 이것은 내가 평생을 외우면서 사는 말씀. 가슴에 묻고 사는 좌우명 같은 결심. 이러한 말씀과 이러한 마음이 또 〈기도〉와 같은 시를 쓰게 했지 싶다.

길을 걷는다는 것은

용혜원

길을 걷는다는 것은
갇혔던 곳에서
새로운 출구를 찾아나가는 것이다

천천히 걸으면
늘 분주했던 마음에도 여유가 생긴다

걸으면
생각이 새로워지고
만남이 새로워지고
느낌이 달라진다

바쁘게 뛰어다닌다고
꼭 성공이 보장되는 것은 아니다
사색할 시간이 필요하다
삶은 체험 속에서 변화된다

가장 불행한 사람은
자기라는 울타리 안에
자기라는 생각의 틀에
꼭 갇혀 있는 사람이다

길을 걷는다는 것은
살아 있음을 느끼게 하고
희망을 갖게 한다

사색이란 무엇인가?

어떤 것에 대하여 깊이 생각하고 이치를 따지는 것이다. 몸과 마음이 평온하도록 고요함을 즐기는 것이다. 그러나 명상이 망상이나 몽상이 되어서는 안 된다. 사색은 홀로일 때 진정한 사색을 할 수 있다. 복잡다단한 곳에서는 사색이 될 수 없다. 홀로 있을 때 진정한 자아, 자신의 진실한 모습을 발견하고 찾을 수 있다.

꽉 닫혀진 마음의 뚜껑을 열어야 사색을 할 수 있다. 모든 부정적이나 잘못된 것과 병은 닫혀진 마음에서 시작된다. 생각을 잘 정리하는 시간을 갖는 것이 사색이다. 사색을 통하여 긍정적인 생각을 하면 얼굴이 밝아지고 어깨가 펴지고 눈이 반짝인다. 긍정적인 생각을 하면 나도 남도 행복할 수 있고 삶의 모습이 달라진다.

들꽃을 볼 수 있다는 것은

용혜원

들꽃을 가까이 볼 수 있다는 것은
나를 옭아매던 것들에서
벗어나 마음의 여유를 갖는 것이다

숲향기를 온몸에 받으며
들꽃을 바라보며
그 아름다움에 취할 수 있다는 것은
그만큼 마음이 맑아졌다는 것이다

늘 벗어나려 몸부림치면 칠수록
더 얽매이게 되는 것들을
훌훌 털어내는 것이다

바라보는 시선이 바뀌는 순간
생각하는 것들이 바뀌는 순간
우리들의 삶은 달라지기 시작한다

번잡한 일상에서 벗어나
들꽃을 바라보면
마음이 너그러워진다

이름도 알 수 없는 들꽃이지만
알려지지 않은 곳에서
어떤 이유도 말하지 않고
어떤 조건에도 굴하지 않고
온몸을 다하여 피어난다는 것은
참으로 놀라운 일이다

틀 안에 숨어 살며 괴로움에 빠지기보다
들꽃을 바라보면
마음이 편안해진다
마음이 진실해진다

오늘의 시대는 모든 것이 시시각각으로 변화하는 감각의 시대이다. 오늘의 다변화된 사회에서 무책임, 무의식, 무감각, 무감동으로 불감증을 앓으며 살아간다는 것은 불행 중의 큰 불행이니만큼 참으로 안타까운 일이 아닐 수 없다. 어항 속을 헤엄치고 다니는 금붕어도 비관해서 어항에서 튀어나왔다고 하는 웃지 못할 이야기도 있으니 참으로 급변하는 시대임을 알려주고 있다. 우리는 타인의 삶에서도 감동과 감격을 하면서 살아가는 재미와 맛이 있어야 한다.

군중의 시대에 자꾸만 혼자만의 울타리를 쳐서 넘어가지도 넘어오지도 못하도록 경계선을 만들어 놓고 있으면 그 사람은 마치 들판의 허수아비처럼 살아가는 것이다. 우리는 살아 있는 기쁨, 살아가는 기쁨을 느낄 수 있는 것이 인간이다. 소망이 있는 사람, 꿈이 있는 사람, 곧 비전이 있는 사람은 모든 면에서 변화를 원하며 모든 면에 공감을 가지려고 노력할 것이다.

웃을 수 있고 울 수 있는 감정의 모든 표현은 인간만이 할 수 있다. 이 좋은 감정을 사용할 수 없다면 이것은 좀 억울한 일이다. 감정을 마음껏 표현하고 살아간다면 불감증은 그림자도 남기지 않고 사라져 버릴 것이다. 우리는 생활에 리듬감을 가져야 한다. 우리의 감정을 어떻게 사용하느냐에 따라 우리의 삶과 인격과 주변을 변화시킬 수 있다. 우리들은 우리들의 순수한 삶을 좀 더 아름답게, 좀 더 평화롭게, 좀 더 행복하게 살아갈 수 있다. 행복은 저절로 오는 것이 아니라 만들어가고 가꾸어가는 것이다.

험난함이 내 삶의 거름이 되어

이정하

기쁨이라는 것은 언제나 잠시뿐
돌아서고 나면 험난한 구비가 다시 펼쳐져 있는
이 인생의 길

삶이 막막함으로 다가와 주체할 수 없이 울적할 때
세상의 중심에서 밀려나
구석에 서 있는 것 같은 느낌이 들 때
자신의 존재가 한낱 가랑잎처럼 힘없이 팔랑거릴 때
그러나 그런 때일수록 나는 더욱 소망한다
그것들이 내 삶의 거름이 되어
화사한 꽃밭을 일구어낼 수 있기를

나중에 알찬 열매만 맺을 수 있다면
지금 당장 꽃이 아니라고
슬퍼할 이유가 없지 않은가

살아가다 보면 힘겹고 지칠 때가 있다. 잿빛처럼 컴컴한 날도 있다. 하도 막막해서 한숨만 나오는 날도, 그래서 자기 주변에 절망만 가득할 때도 있다. 그럴 때면 나는 어둔 밤하늘에 빛나는 별을 본다. 별들은 어둠이 있기에 더욱 반짝이는 것이 아니겠는가.

그 아무것도 고뇌할 것이 없는 사람은 마치 영혼이 잠들어 있는 것과 같다. 만약 사람이 고뇌라는 괴로운 칼날에 부딪쳐 본 일이 없다면 한 줄기 불어대는 세상의 바람에 쉬 쓰러질 수밖에 없으리.

시시각각 힘겹고 지치는 것이 우리네 삶이다. 그 전까지 무엇인가 노력을 했기에 지금 그렇다는 것을 잊지 말라. 그 노력으로 인해 우리의 삶이 이만큼 올 수 있었다는 것까지도.
지금 힘겹고 지친 만큼 우리의 삶은 훨씬 더 윤기로울 수 있다는 것을. 고난은 삶의 거름이라고 생각하자. 그 자양분으로 나무와 줄기가 더욱 튼실해지고, 또한 나중에 알찬 열매를 맺을 수 있다고 한다면 지금 당장 꽃이 아니라고 슬픔에 빠져 있을 이유가 없다.

인생

나태주

화창한 날씨만 믿고
가벼운 옷차림과 신발로 길을 나섰지요
향기로운 바람 지저귀는 새소리 따라
오솔길을 걸었지요

멀리 갔다가 돌아오는 길
막판에 그만 소낙비를 만났지 뭡니까

하지만 나는 소낙비를 나무라고 싶은
생각이 별로 없어요
날씨 탓을 하며 날씨한테 속았노라
말하고 싶지도 않아요

좋았노라 그마저도 아름다운 하루였노라
말하고 싶어요
소낙비 함께 옷과 신발에 묻어 온
숲 속의 바람과 새소리

그것도 소중한 나의 하루
나의 인생이었으니까요.

서울아산병원에 입원해 있으면서 죽을 둥 살 둥 치료를 받던 시절의 시
이다. 6개월 내내 쪽침상에서 자면서 나를 간호하던 아내는 자기의 인생
에서, 아니 우리의 인생에서 병원에서 지낸 6개월을 지워버리고 싶다고
말했다.

그러나 나는 그렇지가 않았다. 결코 유쾌하지 않은 날들이긴 하지만 그
또한 나의 인생이고 아내의 인생이라고 생각했다. 그래서 나는 새하얀
운동화를 갈아 신고 산길로 산책 나갔다가 느닷없이 소낙비를 맞아 후
줄근해진 어느 날, 어느 순간을 떠올렸다.

우리네 인생도 그렇다. 충분히 그럴 수 있다. 그러한 낭패와 고난을 통
해 무엇인가 새로운 좋은 것을 얻기도 하고 인생의 반전을 꾀할 수도
있는 일이다. 이것을 나는 결핍의 축복이라고 부르기도 한다.

하나님은 나쁜 것만 우리에게 주시는 것이 아니라 등 뒤에 좋은 것도
숨겨가지고 계시다가 슬그머니 우리에게 그것을 내밀기도 하시는 분이
란 것을 그때 나는 알기도 했다. 고마운 일이다.

사는 일

나태주

오늘도 하루 잘 살았다
굽은 길은 굽게 가고
곧은 길은 곧게 가고

막판에는 나를 싣고
가기로 되어 있는 차가
제 시간보다 일찍 떠나는 바람에
걷지 않아도 좋은 길을 두어 시간
땀 흘리며 걷기도 했다

그러나 그것도 나쁘지 아니했다
걷지 않아도 좋은 길을 걸었으므로
만나지 못했을 뻔했던 싱그러운
바람도 만나고 수풀 사이
빨갛게 익은 멍석딸기도 만나고
해 저문 개울가 고기비늘 찍으러 온 물총새
물총새, 쪽빛 날갯짓도 보았으므로

이제 날 저물려 한다
길바닥을 떠돌던 바람은 잠잠해지고
새들도 머리를 숲으로 돌렸다
오늘도 하루 나는 이렇게
잘 살았다.

나의 교직생활 43년. 그러는 동안 이런 저런 일이 왜 없었겠나. 90년대 중반의 일이다. 나는 좌천 비슷한 일을 당한 일이 있었다. 충남교육연수원이란 데서 전문직으로 일하다가 논산의 한 작은 시골학교 교감으로 보내어져 일한 시절이 있다.

매우 힘들었다. 그러나 그곳에서 나는 새로운 시를 쓰기 시작했고 연필그림을 새롭게 그리기 시작했다. 새로운 탄생의 땅이 된 것이다. 평생을 두고 자가용을 갖지 않고 산 사람인 나. 그때는 시내버스로 통근을 했다. 시골마을이라 오가는 자동차가 그다지 많지 않았다. 오전에 몇 대, 오후에 몇 대. 일단 정해진 시간의 차를 놓치면 무한정 기다려야만 했다. 그러한 날들 가운데 나는 자주 길을 걸었다. 한 시간, 혹은 두 시간. 그렇게 걸어서 보다 큰 도로까지 가서 직행버스를 타곤 했다.

처음 나는 시내버스를 놓친 것을 매우 불편하게 속상하게 생각했다. 하지만 그런 일로 해서 또 다른 좋은 일, 새로운 일들이 열리고 있음을 알았다. 실수, 불운, 실패는 그냥 그것으로 끝나는 것이 아니라 그 반대의 일을 불러오기도 했다. 인생이란 그런 것이다. 여기서 나의 순명의 시학이 싹트기도 했다.

흘러만 가는 강물 같은 세월에

용혜원

흘러만 가는 강물 같은 세월에
나이가 들어간다
뒤돌아보면 아쉬움만 남고
앞을 바라보면 안타까움이 가득하다

인생을 알 만하고
인생을 느낄 만하고
인생을 바라볼 수 있을 만하니
이마에 주름이 깊이 새겨져 있다

한 조각 한 조각 모자이크한 듯 한 삶
어떻게 맞추나 걱정하다 세월만 보내고
완성되는 맛 느낄 만하니
세월은 너무나 빠르게 흐른다

일찍 철이 들었더라면
일찍 깨달았더라면
좀 더 성숙한 삶을 살았을 텐데
아쉽고 안타깝지만
남은 세월이 있기에
아직은 맞추어야 할 삶이란 모자이크를
마지막까지 멋지게 완성시켜야겠다

흘러만 가는 강물 같은 세월이지만
살아 있음으로 얼마나 행복한가를
더욱 더 가슴 깊이 느끼며 살아가야겠다

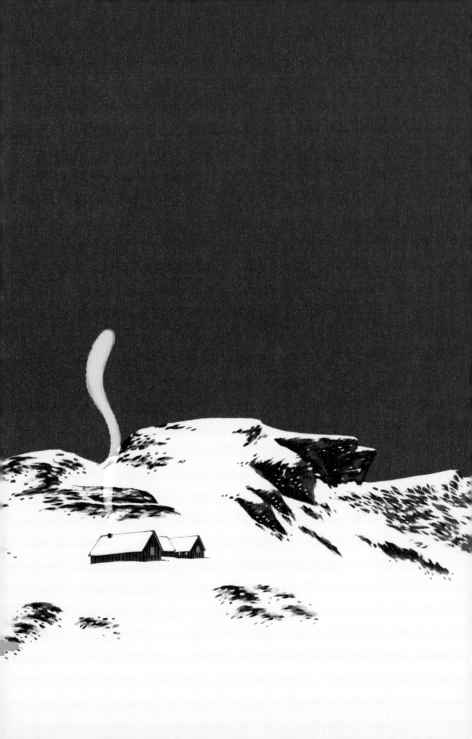

히말라야 산 밑 마을에 사는 사람들은 차를 마실 때 이런 마음으로 같이 마신다고 한다.

"한 잔의 차를 마시면 당신은 이방인이다. 두 잔의 차를 마시면 당신은 손님이다. 그리고 세 잔의 차를 함께 마시면 당신은 가족이다."

참 좋은 인간관계를 나타내는 말이다. 관심과 무관심의 차이는 삶과 죽음처럼 엄청난 차이를 만든다.

누구나 완벽하지 않다. 비록 사람들에게 비난을 받는 사람도 찾아보면 그 사람에게도 아름다움이 있다. 또한 완벽하게 보이고 칭찬을 많이 받는 사람도 찾아보면 단점과 오점을 발견할 수 있다. 그러므로 우리는 누구나 자신의 마음을 진실하게 표현하며 살아가는 것이 중요하다. 나로 인해 이 세상에 행복한 사람이 있다면 이보다 좋을 수가 있는가.

우리들의 삶은 하나의 약속이다

용혜원

우리들의 삶은 하나의 약속이다
장난끼 어린 꼬마아이들의
새끼손가락 거는 놀음이 아니라
진실이라는 다리를 만들고 싶은 것이다

설혹 아픔일지라도
멀리 바라보고만 있어야 할지라도
작은 풀에도 꽃이 피고
강물은 흘러야만 하듯 지켜야 하는 것이다

잊혀진 약속들을 떠올리며
이름 없는 들꽃으로 남아도
나무들이 제자리를 스스로 떠나지 못함이
하나의 약속이듯이

만남 이루어지는 마음의 고리들을
우리는 사랑이라는 이름으로 지켜야 한다
서로 배신해야 할 절망이 올지라도
지켜줄 수 있는 여유를 가질 수 있다면
하늘 아래 행복한 사람은 바로 당신이어야 한다

삶은 수많은 고리들로 이루어지고
때론 슬픔이 전율로 다가올지라도
몹쓸 자식도 안아야 하는 어미의 운명처럼
지켜줄 줄 아는 마음을 가져야 한다

나는 꼭 필요한 사람입니다

용혜원

마음속에서 큰 소리로
세상을 향하여 외쳐 보십시오
나는 꼭 필요한 사람입니다

자신의 삶에 큰 기대감을 갖고 살아가면
희망과 기쁨이 날마다 샘솟듯 넘치고
다가오는 모든 문을 하나씩 열어 가면
삶에는 리듬감이 넘쳐납니다

이 세상에는 수많은 사람들이 살아가고 있지만
그 중에서 단 한 사람도
필요 없는 사람은 없을 것입니다

세상에 희망을 주기 위하여
세상에 사랑을 주기 위하여
세상에 나눔을 주기 위하여
필요한 사람이 되어야 합니다

나로 인해 세상이 조금이라도 달라지고
새롭게 변할 수 있다면
삶은 얼마가 고귀하고 아름다운 것입니까
나로 인해 세상이 조금이라도
밝아질 수 있다면 얼마나 신나는 일입니까

자신을 향하여 세상을 향하여
가장 큰 소리로 외쳐 보십시오
"나는 꼭 필요한 사람입니다."

우리가 갖고 있는 가장 큰 힘은 자신감이다. 우리는 잠재 능력인 자신감을 찾아내어 마음껏 꺼내어 사용해야 한다.

아직도 수많은 사람이 자신이 갖고 있는 능력을 잘 알지 못해서 사용하지 못하고 있다. 자신감이 없으면 초라하고 빛바랜 삶을 살아가게 된다.

똑같은 씨앗도 큰 나무가 되는 씨앗이 있고 싹이 나오자마자 금방 죽어버리는 씨앗도 있다. 상황 대처 능력에 따라 달라지는 것이다. 자신감이 있으면 어떤 상황에서도 대처할 수 있는 힘이 생긴다.

이 세상에 얼마나 많은 사람들이 삶의 의미도 알지 못한 채로 죽어가고 있는가? 우리는 삶의 의미를 분명하게 알고 자신감이 넘치게 살아야 한다.

이 지상에 살아있는 모든 것을 활발하게 움직이고 있다. 자신감을 잘 나타내어 무한한 능력을 발휘해야 한다. 우리에게는 자신이 잘 알고 있지 못했던 능력, 자신이 한 번도 사용하지 않았던 힘이 있다. 이것을 알고 바로 사용할 수 있는 힘이 자신감이다. 자신감은 성공을 만들어가는 마음이며 능력이다.

자신감이 있는 사람은 내일의 꿈과 비전을 이루어갈 열정이 있다. 자신감이 있는 사람은 생동감이 넘치고 기쁨이 넘친다. 자신만의 독특한 개성을 가지고 있다. 자신이 꿈꾸며 바라는 것을 이룬다.

우리가 작은 것들을 소중하게 여길 때 큰일을 해낼 수 있다. 작은 일들을 자신감 있게 이루어갈 때 커다란 자신감으로 키워 나갈 수 있다. 우리는 작은 일들을 가볍게 여기고 귀하지 않게 여길 때가 있다. 그러나 작은 일이라도 바르게 하지 못하면 자신감이 없어진다. 때로는 작은 실수가 엄청난 불행을 가져오기도 하고 작은 일의 성공이 크나큰 성공으로 가는 지름길이 되기도 한다. 작은 실수를 연발하면 큰일을 해야 할 때 갖고 있던 힘마저 잃어버리게 된다. 우리가 관심을 갖지 않는 작은 일들이 큰일을 만드는 것이다.

모든 일에 자신감을 갖고 도전해 나가야 한다. 바다도 비 한 방울 한 방울이 모여서 이루어진다. 아무리 거대하고 울창한 숲도 나무 한 그루 한 그루가 모여서 이루어진다.

너무
멀리까지는
가지 말아라,
사랑아

초판 1쇄 발행 | 2017년 11월 30일
초판 5쇄 발행 | 2021년 7월 20일

글쓴이 | 나태주 용혜원 이정하
펴낸이 | 박경준
펴낸곳 | 미래타임즈
기획총괄 | 김보영
편집주간 | 김장강
디자인 | 스튜디오 미인
그   림 | 박지영

주   소 | 경기도 고양시 일산동구 장진천길 22-71
전   화 | 031-975-4353 **팩   스** | 031-975-4354
이메일 | thanks@miraetimes.com
출판등록 | 2011년 7월 2일(제01-00321호)

ISBN 978-89-6578-130-1 (03810)

값 | 13,000원